# CYNNWYS

Tony Bradman

Lluniau gan Gary Cherrington

Trosiad gan Elin Meek

4

# DANNEDD FEL CREIGIAU PIGFAIN

Ymhell i ffwrdd yn y Gogledd oer a rhewllyd, yng ngwlad y Llychlynwyr, safai pentref bach o dan olau arian y lleuad. Roedd y gwynt yn chwipio plu eira o gwmpas y tai, ac roedd popeth yn dawel. Ond roedd rhywbeth yn symud yn y goedwig gerllaw …

Yn un o'r tai, roedd Emil yn gorwedd o dan y ffwr trwchus ar ei wely. Roedd e'n hoffi bod yn gynnes braf wrth ymyl y tân. Roedd ei fam a'i dad a Helga, ei chwaer fach, yn chwyrnu'n braf.

Yn sydyn clywodd Emil synau rhyfedd y tu allan – STOMP … STOMP … STOMP. Crynodd y llawr, a chwympodd pethau o'r silffoedd. Nawr roedd rhagor o sŵn – pobl yn rhedeg ac yn gweiddi ac yn sgrechian.

7

Cododd Emil ar ei eistedd, yn union wrth i do
ei dŷ gael ei rwygo i ffwrdd gyda

# RHRHWWWYYYG!

Gwthiodd pen enfawr, hyll i mewn i'r tŷ ac
edrych o'i gwmpas.

Ellyll! Gwenodd y creadur ar Emil, a'i geg
enfawr yn llawn o ddannedd llwyd a du fel
creigiau pigfain.

'PI-PO!' rhuodd. 'Oes rhywbeth blasus i'w
fwyta yma?'

Yna gwthiodd ei law enfawr frwnt i mewn i'r
tŷ, a chwalu popeth wrth chwilio am fwyd. Aeth
tad Emil i godi Helga yn gyflym – roedd hi'n crio.
Cydiodd mam Emil mewn bwyell i amddiffyn y
teulu. Ond chymerodd yr ellyll ddim sylw.

'Brysiwch, ewch am y drws!' bloeddiodd tad
Emil. 'Byddwn ni'n saffach y tu allan.'

8

Ond doedden nhw ddim. Roedd dau ellyll arall yn stompio drwy'r pentref. Roedden nhw'n rhwygo'r toeon i ffwrdd hefyd. Roedd eu traed enfawr yn sathru ar bopeth. Cydion nhw yn yr holl fwyd oedd ar gael, a rhedeg ar ôl y defaid a'r geifr a'r ieir.

10

Ceisiodd pobl y pentref ymladd â nhw, ond roedd hi'n amhosibl. Roedd yr ellyllon yn eu bwrw i lawr fel sgitls. Roedd yr ellyllon yn gweld hyn fel gêm ac roedden nhw'n hapus i chwarae … Ond ymhen hir a hwyr penderfynon nhw eu bod wedi cael digon o hwyl, ac i ffwrdd â nhw.

'Sut mae'r hwyl?' meddai'r ellyll a rwygodd y to oddi ar dŷ Emil. 'Fy enw i yw Gorm, a dyma fy mrodyr, Dag a Balgor. Byddwn yn siŵr o'ch gweld eto ... yn fuan!'

Cerddodd y tri ellyll cas i ffwrdd, a'u breichiau am ei gilydd. Roedd y pentref yn llanast llwyr. Roedd Helga druan yn crio nerth ei phen.

Syllodd Emil yn gas ar yr ellyllon, a'i galon yn ddig iawn.

13

# DIM OND BACHGEN

Yn y bore, galwodd Prif Lychlynnwr y pentref
bawb at ei gilydd. Daeth pawb i'r Neuadd Fawr.
Eisteddodd Emil gyda'i deulu, yn crynu yn yr
oerfel. Roedd to'r Neuadd Fawr wedi cael ei
rwygo i ffwrdd hefyd. Felly roedd Emil yn teimlo
hyd yn oed yn waeth. Roedd e'n dwlu ar y
Neuadd Fawr. Dyna lle fyddai pawb yn dod at ei
gilydd gyda'r nos i adrodd hen storïau am dduwiau
ac angenfilod a hen arwyr y gorffennol.

'Beth wnawn ni, Bennaeth?' meddai mam
Emil. 'Bydd hi'n ddigon anodd mynd drwy'r
gaeaf heb fod ellyllon yn dod i fwyta ein bwyd
ni i gyd!'

15

'Bydd, byddwn ni'n llwgu!' gwaeddodd sawl un arall. 'Byddwn ni wedi marw cyn y gwanwyn!'

'Bydd rhaid i ni ymladd â nhw,' meddai tad Emil. 'Doedden ni ddim yn barod amdanyn nhw neithiwr, ond dwi'n siŵr y gallwn ni wneud yn well y tro nesaf. Llychlynwyr ydyn ni, ynte?'

'Gallwn ni drio, mae'n debyg,' meddai'r Pennaeth. 'Ond mae ellyllon yn anodd eu curo. A dweud y gwir, dwi ddim yn meddwl eu bod nhw'n ofni dim byd.'

16

'Dwi ddim yn credu bod hynny'n wir,' meddai Emil. Trodd pawb i edrych arno. 'Dwi'n siŵr fod ellyllon yn ofni dreigiau. Mae'n dweud hynny yn rhai o'r hen storïau.'

'Ond hyd yn oed os yw hynny'n wir, sut bydd hynny'n ein helpu ni?' gofynnodd mam Emil.

'Beth am ddod o hyd i ddraig a gofyn iddi ein hamddiffyn ni?' meddai Emil.

17

'O ddifri?' meddai tad Emil. 'Wyt ti'n meddwl mai anghenfil sy'n chwythu tân yw'r ateb i'n problem ni? Byddai hynny'n gwneud i bethau fod yn waeth, hyd yn oed …'

Anghytunodd rhywun ag ef, a dechreuodd dadl. Cyn hir roedd pawb yn gweiddi nerth eu pennau, a dechreuodd Helga druan grio eto.

'Pwy fyddai'n ddigon ffôl i fynd i chwilio, beth bynnag?' meddai mam Emil o'r diwedd.

Roedd Emil wedi ceisio ymuno yn y ddadl, ond doedd neb wedi cymryd sylw ohono. Nawr safodd ar ei draed a siarad yn uchel er mwyn i bawb ei glywed.

'Fe af i,' meddai Emil. Trodd pawb i syllu arno unwaith eto.

'Eistedda a bydd ddistaw, Emil,' meddai ei dad. 'Dim ond bachgen wyt ti.'

'Gan bwyll, nawr,' meddai'r Pennaeth. 'Rwyt ti'n iawn – dim ond bachgen yw e, ac un eithaf bach hefyd. Ond os yw e'n barod i drio, pam lai?'

'Ie, anfonwch y bachgen!' gwaeddodd y pentrefwyr. Ceisiodd rieni Emil ddadlau â nhw.

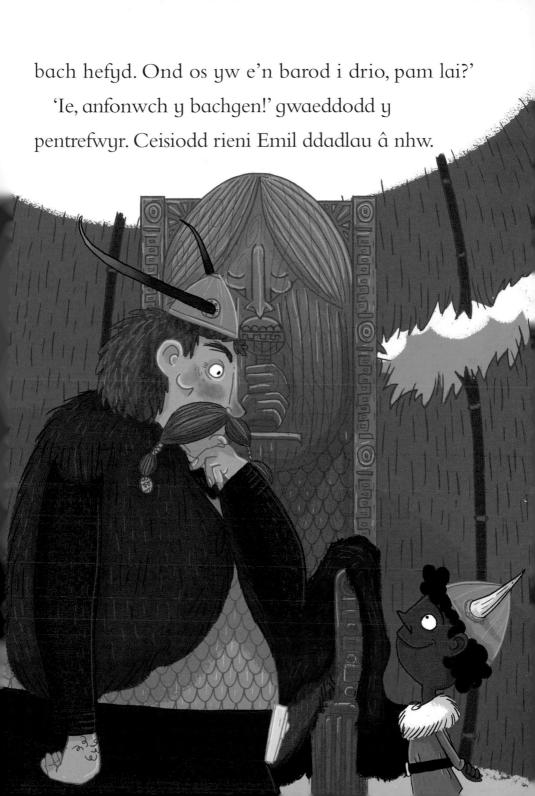

Cynigion nhw fynd eu hunain, er bod y syniad yn hollol wallgof. Ond roedd y Pennaeth yn bendant.

'Mae angen i'r oedolion i gyd aros yma,' meddai. 'Awn ni ati i balu ffos a chodi ffens tra byddwn ni'n aros. Efallai gallwn ni gadw'r ellyllon draw.'

Felly dyna benderfynodd pawb. Yn nes ymlaen y
diwrnod hwnnw, aeth Emil ar ei antur. Safodd ei
rieni ar gyrion y pentref, yn ei wylio'n cerdded i
ffwrdd, yn llawn gofid.

'Peidiwch â phoeni amdana i,' gwaeddodd. 'Bydda
i'n iawn!'

Ond doedd e ddim yn gwybod beth oedd o'i flaen
…

# CRAFANGAU MINIOG IAWN

Daeth Emil i wybod bod digon o ddreigiau yng Ngwlad y Llychlynwyr. Ar ail ddiwrnod y chwilio, cyrhaeddodd Emil bentref arall. Roedd y bobl yn edrych yn anhapus. Doedd hynny ddim

yn syndod – roedd y rhan fwyaf o'u tai wcdi'u
llosgi i'r llawr.

'O ie, draig wnaeth hyn,' meddai pennaeth y
pentref yn ddig. 'Mae pla ohonyn nhw eleni. Os ei
di i'r mynyddoedd, maen nhw dros bob man. Dwi
ddim yn deall pam byddet ti eisiau mynd. Hen
greaduriaid cas, ofnadwy ydyn nhw.'

Cyn hir, gwelodd Emil hynny drosto'i hun. Roedd pennaeth y pentref yn iawn – roedd y mynyddoedd yn llawn dreigiau o bob maint. Roedd dreigiau mawr, dreigiau canolig dreigiau bach. Roedd rhai'n bigog, roedd cen fel tarianau dros rai, roedd gan rai ddannedd fel cyllyll. Roedd lliw gwahanol gan bob un – ac roedd pob un yn hollol frawychus.

24

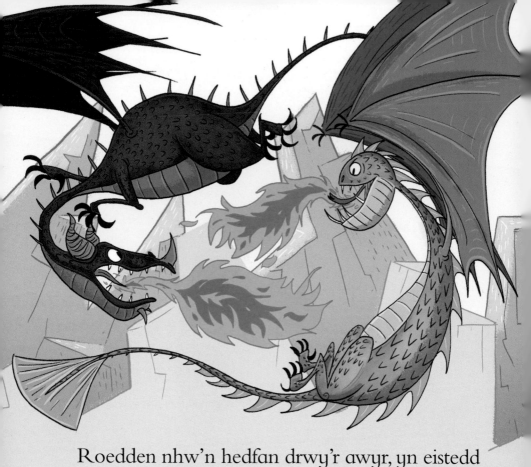

Roedden nhw'n hedfan drwy'r awyr, yn eistedd
ar greigiau'n bwyta defaid neu'n rhuo'n ffyrnig.
Weithiau roedden nhw'n ymladd â'i gilydd.
Roedden nhw'n sgrechian, yn chwythu tân ac
yn fflachio eu crafangau miniog. Roedd Emil yn
gwybod y byddai'n rhaid iddo siarad â nhw, ond
doedd ganddo ddim syniad sut i ddechrau. O'r
diwedd tynnodd anadl ddofn a chamu ymlaen.

'Y … esgusodwch fi,' meddai. 'Ro'n i'n meddwl tybed gaf i ofyn i chi …'

'Oes unrhyw un yn gallu clywed sŵn bach gwichlyd?' gofynnodd un ddraig fawr.

'Mae'r creadur bach yna'n sibrwd,' meddai draig ganolig.

'Dwi'n credu mai person yw e,' meddai'r ddraig fach bigog iawn. 'Beth rwyt ti ei eisiau, fachgen?'

'Wel, rydyn ni'n cael trafferth gydag ellyllon yn fy mhentref i,' meddai Emil, 'ac rydyn ni'n gwybod eu bod nhw'n ofni dreigiau. Felly ro'n ni'n gobeithio y byddech chi'n dod i'n helpu ni.'

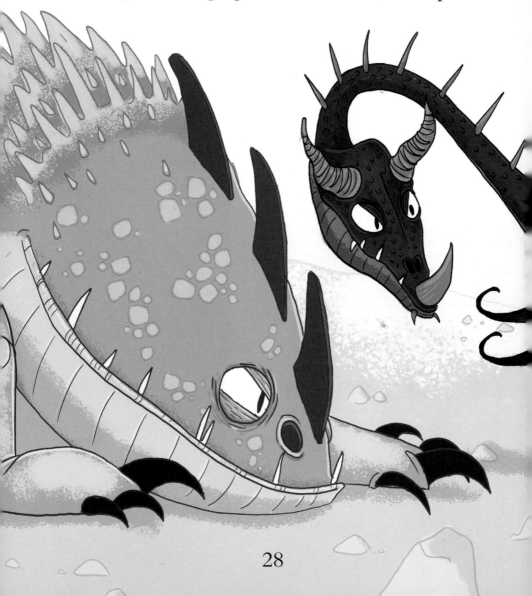

'Na wnawn, yn bendant,' meddai'r ddraig gyntaf, 'Dydyn ni ddim yn helpu pobl.'

'Nac ydyn, dim ond yn eu bwyta nhw,' meddai'r ail, gan ddod yn nes.

'Er na fyddi di'n bryd mawr o fwyd,' meddai'r drydedd.

Trodd Emil a rhedeg. Chwythodd y dreigiau
don o dân i'w anfon i ffwrdd. Gallai Emil
glywed eu chwerthin yn atseinio oddi ar y
mynyddoedd. Yna baglodd a chwympo, a rholio'n
bendramwnwgl i lawr y llethr nes iddo stopio
gyda BWMP!

Cododd ar ei eistedd yn araf, rhwbio ei ben, a gweld ei fod wedi glanio mewn pentwr gwlyb o ganghennau wedi torri, dail a mwd. Cyn hir sylweddolodd Emil ei fod yn eistedd mewn nyth draig. Roedd yn drewi, ond roedd yn wag heblaw am lawer o esgyrn anifeiliaid wedi'u cnoi a'u llosgi – ac wy mawr gwyn. Yn sydyn, daeth crac ar wyneb yr wy.

Daeth mwy o graciau, a chyn hir hedfanodd darn o blisgyn yr wy i ffwrdd. Gwthiodd creadur bach rhyfedd ei ben allan, syllu ar Emil â'i lygaid enfawr, a phesychu.

'Mam!' crawciodd . . . a gwenodd Emil.

# LLAWER O WYNEBAU CAS

Brysiodd Emil am adre a chyrraedd y diwrnod
wedyn. Gwelodd y pentrefwyr Emil yn dod i
lawr y llwybr o'r mynyddoedd, a daeth pawb y
tu allan i'r Neuadd Fawr i gwrdd ag ef. Roedd ei
rieni a Helga yn hapus iawn i'w weld.

'Wel,' meddai'r Pennaeth. 'Ddest ti o hyd i ddraig?'

'Do,' meddai Emil, ac aeth sŵn murmur cyffrous drwy'r dorf.

'Wir?' meddai'r Pennaeth, wedi rhyfeddu. 'Mae hynny'n wych! Y … ro'n i'n gwybod y byddet ti'n llwyddo. Felly ble mae'r creadur rhyfeddol yma? Ar ei ffordd, mae'n debyg?'

Edrychodd y Pennaeth a phawb arall i fyny a chwilio'r awyr yn awyddus.

'A dweud y gwir, des i â hi gyda fi,' meddai Emil, ac agor ei glogyn. Roedd e wedi bod yn cadw'r ddraig fach oddi tano, a nawr gadawodd hi'n rhydd. 'Ei henw hi yw, ym … Astrid.' Wrth gwrs, doedd e ddim yn gwybod beth oedd ei henw hi go iawn – ond roedd Astrid yn swnio'n iawn.

Syllodd y dorf arni. Gwelodd y ddraig fach lawer o wynebau cas o'i chwmpas. Crawciodd hi,

34

yna peswch, a chuddio'r tu ôl i goesau Emil.

'Nid draig yw honna,' meddai tad Emil. 'Rhyw fath o fadfall yw hi, yntê?'

35

'Nage, draig yw hi, dwi'n siŵr!' meddai Emil.
'Gwelais i hi'n deor o'r wy mewn nyth draig.
Dwi'n gwybod ei bod hi braidd yn fach, ond
ddywedoch chi ddim byd am ddod o hyd i ddraig
fawr. Maen nhw i gyd yn ofnadwy, beth bynnag.
Ac mae hi'n siŵr o dyfu'n fwy.'

'Dwi ddim yn siŵr y gwnaiff hi,' meddai mam
Emil. 'Dyw hi ddim yn swnio'n rhy iach.'

Roedd hi'n iawn. Roedd Emil yn poeni tipyn am beswch Astrid. Roedd yn mynd yn waeth. Ond y peth rhyfedd oedd, doedd hi ddim yn poeni o gwbl am y peth. Edrychai'r un mor hapus ag yr oedd pan oedd hi newydd ddod o'r wy.

'Hyd yn oed os mai draig yw hi, does dim amser i aros iddi dyfu,' ochneidiodd y Pennaeth. 'Gallai'r ellyllon gyrraedd unrhyw bryd. Mae angen cynllun arall arnon ni …'

Dechreuodd yr holl weiddi a bloeddio unwaith eto, gyda phawb yn dadlau nerth eu pennau. Roedd Emil yn sefyll gyda'r ddraig fach yng nghanol y sŵn. Roedd yn teimlo'n euog iawn. Roedd e'n poeni ei fod e wedi siomi'r pentref i gyd.

Yn sydyn clywodd e sŵn cyfarwydd – STOMP … STOMP … STOMP …

Crynodd y ddaear, ac aeth pawb yn dawel yn syth. Daliodd pawb eu hanadl.

'Iŵ-hŵ, rydyn ni 'nôl!' bloeddiodd rhywun. 'Ydych chi wedi gweld ein heisiau ni?'

'Ewch at y ffens!' gwaeddodd tad Emil ar y pentrefwyr. 'Fe ddaliwn ni nhw fan'na!'

Ond roedd Emil yn gallu clywed y ffens yn cael ei chwalu'n barod …

39

# CREADURIAID MAWR, OFNADWY

Roedd y pentrefwyr wedi palu ffos fawr iawn, ond doedd hi ddim yn rhwystro'r ellyllon. Camon nhw drosti, a chwalu'r ffens â'u dyrnau enfawr. Eto ceisiodd y pentrefwyr ymladd â nhw, ond cawson nhw eu taflu i'r llawr fel sgitls fel y tro o'r blaen.

Stompiodd yr ellyllon drwy'r pentref, gan rwygo'r toeon oedd ar ôl a chydio mewn unrhyw beth blasus. Gwelodd Emil ei rieni'n ceisio amddiffyn Helga. Aeth Emil yn fwy ac yn fwy dig nes iddo golli ei dymer. Roedd wedi cael llond bol ar greaduriaid mawr, ofnadwy oedd yn gas wrtho fe a'r bobl roedd yn eu caru.

Felly cododd fwyell ei fam a sefyll o flaen yr ellyllon.

'Gadewch lonydd i ni!' gwaeddodd Emil. 'Neu ... neu ... fe dorraf i chi'n ddarnau!'

'Wwww, edrychwch, Llychlynnwr dychrynllyd!' meddai Gorm. 'Dwi'n crynu gan ofn!'

Dyma'r tri ellyll yn esgus bod ofn arnyn nhw, cyn chwerthin llond eu boliau.

41

Yn y cyfamser, aeth peswch Astrid hyd yn oed yn waeth yn sydyn, os oedd hynny'n bosibl. Aeth y peswch yn uwch ac yn uwch … ond cadwodd Emil ei lygaid ar yr ellyllon.

'I ffwrdd â ti, fachgen,' meddai Gorm o'r diwedd. 'Os nad wyt ti eisiau cael dy wasgu'n fflat.'

Nawr roedd peswch Astrid  yn ofnadwy. Trodd Emil i edrych arni, a gweld bod rhywbeth rhyfedd iawn yn digwydd. Bob tro roedd hi'n peswch, roedd pwff bach o fwg du'n dod o'i cheg hi – ac roedd hi'n tyfu ychydig yn fwy.

Roedd yr ellyllon yn syllu arni hi hefyd, eu llygaid yn fawr a'u cegau'n agored.

'Y … ai beth dwi'n meddwl yw honna?' meddai Dag o dan ei anadl, a'i lais yn crynu.

'Gobeithio ddim,' meddai Balgor, a'i wefus isaf yn crynu fel un babi.

Pesychodd Astrid dair gwaith eto – PESWCH! PESWCH! PESWCH! – ac nid draig fach oedd hi bellach. Roedd hi'n fawr – ac roedd hi'n chwythu … TÂN!

45

'RHEDWCH!' sgrechiodd Gorm, a dyma'r ellyllon
yn troi ac yn ffoi i'r goedwig. Hedfanodd Astrid ar
eu holau nhw, yn chwythu tuag atyn nhw … a dim
ond llwyddo i ddianc wnaethon nhw. Yna hedfanodd
hi 'nôl i'r pentref – a daeth pawb i weiddi hwrê.

46

Roedd angen ychydig o amser i glirio'r llanast, ond cyn hir roedd y pentref yn edrych yn hyfryd unwaith eto. Wrth gwrs, roedd pawb yn meddwl bod Emil yn arwr. Rhoddon nhw'r enw 'Bachgen y Ddraig' arno, a buon nhw'n adrodd y stori yn y Neuadd Fawr am sut roedd e wedi achub y pentref.

Daeth Astrid yn rhan o deulu Emil, ac roedd pawb yn ei charu, yn enwedig Helga …

Ac roedden nhw bob amser yn gynnes yn y gaeaf.